CW01072464

Marie-Alexandre Pougens

Essai sur la mélancolie et ses variétés

Présentée et publiquement soutenue à la Faculté
de Médecine de Montpellier, le 31 août 1838

Marie-Alexandre Pougens

Essai sur la mélancolie et ses variétés

Présentée et publiquement soutenue à la Faculté de Médecine de Montpellier, le 31 août 1838

Réimpression inchangée de l'édition originale de 1838.

1ère édition 2024 | ISBN: 978-3-38509-488-8

Verlag (Éditeur): Outlook Verlag GmbH, Zeilweg 44, 60439 Frankfurt, Deutschland
Vertretungsberechtigt (Représentant autorisé): E. Roepke, Zeilweg 44, 60439 Frankfurt, Deutschland
Druck (Imprimerie): Libri Plureos GmbH, Friedensallee 273, 22763 Hamburg, Deutschland

FACULTÉ DE MÉDECINE DE MONTPELLIER.

PROFESSEURS.

MM.	*Chaires.*
CAIZERGUES, Doyen	Clinique médicale.
BROUSSONNET	Id. Id.
LORDAT, *Président*	Physiologie.
DELILE	Botanique.
LALLEMAND	Clinique chirurgicale.
DUPORTAL, *Exam*	Chimie médicale.
DUBRUEIL	Anatomie.
DELMAS, *Suppl.*	Accouchemens, Maladies des femmes et des enfans.
GOLFIN	Thérapeutique et Matière médic.
RIBES	Hygiène.
RECH	Pathologie médicale.
SERRE	Clinique chirurgicale.
BÉRARD	Chimie générale et Toxicologie.
RENÉ	Médecine légale.
RISUENO D'AMADOR	Pathologie et Thérapeutique génér.
ESTOR	Pathol. chirurg., opérat., appar.

Professeur honoraire, M. Aug.-Pyr. De CANDOLLE.

Agrégés en exercice.

VIGUIER.	FAGES
KÜHNHOLTZ.	BATIGNE.
BERTIN.	POURCHÉ
BROUSSONNET fils., *Exam.*	BERTRAND.
TOUCHY.	POUZIN.
DELMAS.	SAISSET, *Suppl.*
VAILHÉ	. . . .
BOURQUENOD., *Exam.*	

La Faculté de Médecine de Montpellier déclare que les opinions émises dans les dissertations qui lui sont présentées doivent être considérées comme propres à leurs auteurs; qu'elle n'entend leur donner aucune approbation ni improbation.

ESSAI

SUR

LA MÉLANCOLIE

ET

SES VARIÉTÉS.

Multiplices quantùm mortalia pectora vexant
affectus animi, vario quam corda tumultu
discruciant, cantu quis vates pandere posset ?
GEOFFROY , *Hyg.*

DÉFINITION. — La mélancolie (de μελας noir et χολή bile) est un délire partiel, chronique, sans fureur et sans fièvre, déterminé ou entretenu par une passion triste, débilitante ou oppressive. Les auteurs anciens ont souvent confondu cette maladie, avec un grand nombre d'autres affections, telles que la manie, l'hypocondrie, l'idiotie, la démence, qui exercent comme elle une influence marquée sur les fonctions de la vie organique. Cependant, Il existe de grandes différences dans les causes et les symptômes de ces maladies ; dans la manie, le délire est universel avec exaltation des facultés intellectuelles, tandis que dans la mélancolie, le délire est partiel, sans fureur et sans fièvre ; dans l'hypocondrie, le délire se porte sur tous les objets relatifs à la

FACULTÉ DE MÉDECINE DE MONTPELLIER.

PROFESSEURS.

MM.	Chaires.
CAIZERGUES, Doyen	Clinique médicale.
BROUSSONNET, Président	Id. Id.
LORDAT	Physiologie.
DELILE, Exam.	Botanique.
LALLEMAND	Clinique chirurgicale.
DUPORTAL	Chimie médicale.
DUBRUEIL	Anatomie.
DELMAS	Accouchemens, Maladies des femmes et des enfans.
GOLFIN	Thérapeutique et Matière médic.
RIBES	Hygiène.
RECH	Pathologie médicale.
SERRE, Suppl.	Clinique chirurgicale.
BÉRARD	Chimie générale et Toxicologie.
RENÉ	Médecine légale.
RISUENO D'AMADOR	Pathologie et Thérapeutique génér.
ESTOR	Pathol. chirurg., opérat., appar.

Professeur honoraire, M. AUG.-PYR. DE CANDOLLE.

Agrégés en exercice.

VIGUIER.	FAGES, Exam.
KÜHNHOLTZ.	BATIGNE.
BERTIN.	POURCHÉ, Suppl.
BROUSSONNET FILS.	BERTRAND.
TOUCHY.	POUZIN.
DELMAS.	SAISSET, Exam.
VAILHÉ	. . . .
BOURQUENOD.	

La Faculté de Médecine de Montpellier déclare que les opinions émises dans les dissertations qui lui sont présentées doivent être considérées comme propres à leurs auteurs; qu'elle n'entend leur donner aucune approbation ni improbation.

ESSAI

SUR

LA MÉLANCOLIE
ET SES VARIÉTÉS.

hèse

*Présentée et publiquement soutenue à la Faculté de Médecine
de Montpellier, le 31 août 1838;*

PAR

MARIE-ALEXANDRE **POUGENS**,

DE MILHAU (Aveyron);

POUR OBTENIR LE GRADE DE DOCTEUR EN MÉDECINE.

MONTPELLIER,

IMPRIMERIE DE Mᵐᵉ Vᵉ AVIGNON, RUE ARC-D'ARÈNES, 1.

1838.

A MON PÈRE,

MON PREMIER MAITRE ET MON MEILLEUR AMI.

*En prenant l'engagement de marcher sur tes traces,
c'est te dire que je mettrai toute mon ambition à mériter,
comme toi, l'estime et la confiance de mes concitoyens.*

A MA BONNE MÈRE,

Toute ma vie sera consacrée à ton bonheur.

A MA SŒUR.

Amitié inaltérable.

A. POUGENS.

sonté ; dans la mélancolie, au contraire, les idées sont tristes, entretenues par une passion triste, avec absence de dyspepsie. La mélancolie est plus souvent héréditaire que l'hypocondrie, les causes qui la produisent sont le plus souvent morales, tandis que l'hypocondrie est l'effet des causes qui troublent les fonctions digestives. On ne peut la confondre avec l'idiotie, car l'idiot ne raisonne point, tandis que le mélancolique prend pour des vérités, certaines idées fausses d'après lesquelles il raisonne juste et dont il tire des conclusions fort raisonnables. Elle diffère de la démence en ce que dans celle-ci l'incohérence et la confusion des idées sont l'effet de l'affaiblissement.

La mélancolie est la maladie de l'homme moral, elle repose toute entière sur ces affections, c'est dans son cœur qu'elle a son siège : elle est aussi la maladie de la civilisation, en effet, elle est d'autant plus fréquente que la civilisation est plus avancée. Il y a deux degrés dans la mélancolie, dans le premier, les malades sont d'une susceptibilité et d'une mobilité extrême, tout fait sur eux une vive impression, la plus légère cause produit les plus grands effets, leur raison n'est point encore égarée mais tout est forcé, tout est exagéré dans leur manière de sentir, de penser et d'agir. Dans le second, il n'y a pas seulement exagération, mais il est hors des limites de la raison, il voit mal les objets, il crée des chimères plus ou moins ridicules, il associe les idées les plus disparates, il a des opinions, des préventions imaginaires. C'est ce second degré qu'on devrait appeler manie, qui n'offre aucun espoir de guérison. Le caractère des mélancoliques charge, le prodigue devient avare, le guerrier est timide, l'homme laborieux ne peut pas travailler, tous sont méfiants, soupçonneux contre tout ce qu'on dit, tout ce qu'on fait devant eux, ils parlent peu et sont rarement bavards.

Prédispositions. L'enfance y est peu exposée; parce qu'à cet âge les parties sont souples et dociles, les mouvemens vifs, rapides, peu durables mais fréquemment renouvelées, les impressions vives, nombreuses, sans stabilité, aux-qu'elles répondent les idées promptes, incertaines et fugitives. Avide de sentir et de vivre, l'enfant prend toutes les attitudes, dirige son attention vers tous les objets et semble courir

des uns aux autre pour multiplier son existence , il y a quelque chose
de convulsif dans les passions , aussi bien que dans la maladie des enfants : aussi la mélancolie est presque étrangère à cet âge.

Dans la, jeunesse qui est l'âge de la force et de la vigueur, il naît
un nouveau sens matériel qui prend un empire absolu et commande si
impérieusement à toutes nos facultés, que l'âme elle-même semble se
prêter avec plaisir aux passions inpétueuses qu'il produit; c'est l'époque
de la vie ou l'organe sensitif reçoit le plus d'impression , c'est aussi
celle ou l'imagination exerce son plus grand empire, c'est encore le
regne des idées romanesques, des douces illusions et de toutes les affections aimantes ; ce qui prouve que c'est l'âge qui dispose à la mélancolie surtout à l'érotomanie.

L'âge viril est remarquable au physique et au moral par la résis-
tance des solides qui commencent à contrebalancer l'action du système
nerveux et artériel et à faire prédominer le système veineux ; à cette
époque les sensations sont moins promptes que dans la jeunesse, mais
plus profondes; les passions plus lentes, mais plus tenaces, plus durables,
les idées et les affections ne s'élancent plus avec la même violence
mais elles sont plus constantes et plus opiniâtres. Cest alors que les
soucis dévorants de l'ambition , la soif insatiable des richesses , les
désirs multipliés et qu'irrite souvent encore l'impuissance de les satis-
faires, viénnent dévorer l'homme et l'exposer a des revers fréquents,
a des chagrins, a des dépits, a des colères qui empoisonnent tous les
moments de son existence et le disposent a devenir la proie de 'cette
cruelle maladie. Enfin la crainte, la jalousie, l'envie, la haine viennent
habiter dans son cœur et bouleverser toutes ses affections , voilà sans
contredit l'âge le plus exposé a la mélancolie ainsi qu'à toutes les
autres affections mentales.

Dans la vieillesse , les solides acquièrent le dernier dégré de densité
et de raideur, les impressions sont a peine senties, les passions sans
énergie, l'imagination sans vivacité; aussi les vieillards ayant le sentiment de leur impuissance deviennent-ils rarement mélancoliques, cette
maladie pourrait avoir accès auprès deux mais sans passions.

La femme, la plus belle fleur de la création , cet être délicat et tendre, conserve toujours quelque chose du tempéramment propre aux enfants, la fibre est chez elle plus molle, les muscles moins développés et moins vigoureux que chez l'homme, le tissu cellulaire plus lâche et plus abondant, ce qui donne à leurs membres les contours gracieux et les formes élégantes qui leur sont propres. Au moral, elle est remarquable par une sensibilité et une inconstance qui caractérisent toutes ses actions, par une finesse de tact et une pénétration qui lui font saisir jusqu'au moindres détails, par une promptitude extrême dans ces jugements, par des déterminations précipitées mais peu constantes, par une imagination vive mais mobile, aussi la femme est-elle moins exposée a devenir mélancolique que l'homme qui est susceptible d'impressions plus profondes et de passions plus violentes. On sent, dit *Roussel*, qu'une bouche faite pour sourrire, que des yeux tendres et animés par la gaité, que des bras plus jolis que redoutables, un son de voix qui ne porte à l'âme que des impressions touchantes, ne sont pas faits pour s'allier avec des passions haineuses et violentes; voilà pourquoi la femme est moins sujette que l'homme à la mélancolie; cependant la grossesse, l'accouchement, les passions amoureuses qui chez ellessont si actives, la religion qu'elles portent a l'excès, les veuves au temps critique sont souvent en proie a la mélancolie érotique, surtout celles qui ont fait du monde et de la coquetterie, l'unique occupation de leur vie frivole.

Le climat par sa température et ses productions exerce la plus grande influence sur le physique de l'homme et sur ses facultés morales; en Asie et dans les pays chauds, les forces physiques sont peu énergiques, le goût pour la vie sédentaire et l'oisiveté presque insurmontables, la sensibilité y est extrême, les passions portées à l'excès, c'est là qu'un amour barbare fait enfermer dans des palais la plus belle moitié du genre humain et la confie à l'empire tyrannique d'un seul. Aussi est-ce dans ces belles et heureuses contrées, séjour de la féérie et des songes enchanteurs, mais flétri par l'esclavage le plus humiliant que se rencontrent ces maladies singulières dépendant des écarts d'une imagination exaltée par les ardeurs brûlantes dv climat.

Dans les climats froids au contraire, les forces physiques sont très développées, très actives; elles semblent prédominer aux dépens des facultés morales. Les passions sont tranquilles, elle sont l'expression d'un besoin pressant ; 'la haine, la perfidie, la jalousie, la vengeance, qui sont l'apanage des gens du midi, sont presque étrangères à ceux du nord. L'amour qui est un délire, une fièvre brûlante, un cri de la nature dans les pays chauds, est une passion douce, une affection réfléchie, dans les climats tempérés, et enfin, dans les pays froids ce n'est plus une passion, mais le sentiment tranquille d'une nature prévoyante. Il est facile de voir par ce que nous venons de dire, que dans les pays chauds les mélancoliques sont plus nombreux que dans tout autre.

Symptômes. La mélancolie éclate dans la jeunesse et l'âge viril, c'est principalement à ces époques de la vie, que naissent : la tristesse, la défiance, la crainte, l'ennui, enfin, toutes les passions tristes et débilitantes qui réagissant sur l'entendement, produisent le délire partiel dont rien ne saurait distraire le mélancolique, les autres facultés de l'entendement restant libres. Les malheureux atteins de cette maladie, malheureusement trop commune aujourd'hui, ont le corps maigre et grêle, le visage pâle et jaunâtre, les yeux caves, les cheveux et sourcils noirs, on trouve chez eux, de la chaleur, le pouls rare, constipation, urines claires, les mouvements lents, insomnie ou sommeil agité accompagné de rêves effrayants et d'images lugubres, caractère irascible, penchant à la superstition ou à l'amour, taciturnité et quelquefois gaîté vive, esprit abattu et découragé, humeur chagrine, angoisses, pleurs involontaires qui soulagent beaucoup le malade.

L'unité d'affection et de pensée rend les actions du mélancolique uniformes et lentes, il passe ses jours dans la solitude et l'oisiveté, s'il marche c'est toujours avec lenteur et appréhention, comme s'il avait quelque danger à éviter, ou bien, il marche avec précipitation et toujours dans la même direction. On a vu des mélancoliques, soutenir l'abstinence pendant long-temps retenus par des craintes chimériques ; on a remarqué qu'ils étaient moins tristes après les repas. Aristote dit, que les plus grands génies ont été sujets à la mélancolie : Orphée, Ovide, Caton, Le Tasse, et dans les temps modernes : Pascal, J.-J. Rousseau, Gilbert, Alfiéri, Zimmermann et tant d'autres. Les mélancoliques conservent quelquefois toute l'énergie de leurs sentimens moraux, on en voit même, dont l'exaltation est portée au plus haut degré; quoique fort tristes. La piété filiale, l'amitié, la reconnaissance, l'amour, étant chez eux excessive, ses craintes et ses inquiétudes augmentent beaucoup.

CAUSES. — Les causes de la mélancolie sont communes aux autres espèces de folies, elles sont physiques ou morales.

Les physiques sont : irritabilité, mobilité exaltée, spasmes ou atonie nerveuse, abus d'alimens indigestes, salés, épicés, des liqueurs fortes ; constipation opiniâtre, vers, matières gastriques, atrabile, obstructions du foie, de la rate, de la matrice, et d'autres viscères du bas-ventre ; air froid, humide, chaud ou brûlant ; suppression du flux menstruel, hémorrhoïdal, d'un cautère, du lait, des lochies, de la fièvre intermittente, des sueurs habituelles, des fleurs blanches; répercussion des dartres, de la gale, de la goutte, de la teigne; purgations excessives, vérole, mercure; onanisme ; poisons de toute espèce; opium, odeur de tabac, du charbon, jeûnes austéres, macérations ; vie oisive et sédentaire, luxe, molesse, bien être, défauts de chagrins; disposition héréditaire. Saison de l'été propre à exalter la bile, *cum faba florescit, stultorum copia crescit.*

Les *causes morales*, sont les plus nombreuses dans la mélancolie, jointes à quelques causes physiques ou toutes seules, elles donnent les nombreuses variétés de cette maladie, que l'on a établies selon les divers objets sur lesquels se porte le délire des mélancoliques; les plus communes de ces variétés sont les suivantes :

1° *Mélancolie nerveuse.* — Une sensibilité excessive détermine cette espèce très commune de mélancolie, un chagrin un peu fort, la moindre peine de l'âme, produit des spasmes partiels chez ces individus; ils éprouvent alors, ou croient éprouver, des suffocations, des douleurs de poitrine, d'estomac, de bas-ventre et témoignent les craintes les plus vives que le médecin a la plus grande peine à diminuer ou à faire cesser en rassurant le malade.

2° La *mélancolie religieuse.* — Elle est produite par la crainte de Dieu, et le défaut de confiance en sa clémence, la piété outrée, les impressions trop fortes, que donnent les ministres de la religion, sur les peines du purgatoire et de l'enfer. Ces mélancoliques se font une idée fausse de la religion ; ils croient qu'elle proscrit les plaisirs innocents, et qu'elle n'ordonne aux hommes, pour les sauver, que les larmes, les jeûnes et les macérations du corps ; ils regardent les propos gais comme le langage des réprouvés, les douceurs de la vie, comme une pompe mondaine, opposée au salut éternel ; ils sont de la dernière austérité, et se privent même des choses nécessaires à leur subsistance. On en a vu repousser toute nourriture et refuser de manger, quoique pressés par la faim ; ils étaient retenus par des craintes chimériques, aussi leur corps, est sec et maigre comme une momie, ce qui a fait dire à *Sauvages*, que le diable avait aussi ses martyrs.

3º *Démonomanie.* — La démonomanie est un délire vrai, qui est le signe de la démence, ou simulé, par lequel les sorciers, les fripons, les imposteurs font voir qu'ils sont possédés du démon. Les démoniaques ont des illusions de sensations ; ils croient avoir le diable dans le corps qui les mord, les déchire et les brûle. Certains lui parlent et entendent ses réponses, qui sont comme on le pense bien, peu édifiantes ; il leur conseille les crimes de toute sorte et les engage à commettre des impiétés et les péchés les plus obcènes. Assis sur un balai ou sur un bouc, ces maniaques vont au sabat et racontent tout ce qu'ils y ont vu, toutes les folies qu'ils y ont faites. L'adoration du bouc remonte aux temps les plus reculés, elle appartient à une antique pratique religieuse des égyptiens qui rendirent dans Meudès, un culte infâme au bouc Hazazel. Les femmes étant plus nerveuses et plus religieuses que les hommes, sont plus sujettes qu'eux à cette maladie, dans la proportion de 50, à 1. On compte parmi ses victimes, des empereurs, des rois, des ministres, des philosophes, des savans, mais beaucoup plus d'individus faibles d'esprit, ignorants et crédules.

Le démon se plait beaucoup dans le corps des mélancoliques, car l'atrabile est le bain du diable, comme l'ont dit Valesius et Fréd. Hoffmann, qui croyaient au pouvoir de satan, pour produire cette espèce de mélancolie. Telle fut la cause dit-on, des 84 possédés qu'on vit à Rome en 1554, et de la démonomanie convulsive qui s'empara des religieuses de Laudun. Dans ces deux cas, la maladie était épidémique par imitation — Dans la démonomanie des sorciers, on se vante d'avoir des rélations avec le démon, tels sont les fourbes qui menacent les jeunes mariés de leur nouer l'aiguillette, et que l'église a frappé d'anathème.

4° La *Mélancolie d'enthousiasme ou d'inspiration*. — Dans cette affection, on croit être roi, empereur, ange, Dieu même, ou inspiré de Dieu, pour prédire l'avenir. *Bénedictus victorius*, rapporte qu'un noble vénitien, croyait parler avec Dieu et les anges, et savoir l'avenir. Dans cette classe, viennent encore se ranger, ceux qui croient entendre des concerts harmonieux, posséder de grandes richesses, *Elien*, rapporte qu'un homme, croyait que tous les vaisseaux qui entraient dans le pirée étaient à lui. Horace, fait mention d'un homme, qui s'imaginait assister à de belles tragédies. Tous ces mélancoliques, jouissent d'un bonheur, qui quoique imaginaire, n'en est pas moins réel et moins senti par eux, aussi se plaignent-ils amèrement, quand on les a arrachés à ces illusions, qui fesaient le charme et les délices de leur vie. Certains mélancoliques savourent les jouissances des saints en paradis et sont bien fâchés de les perdre quand on les a guéris.

> Jadis certain bigot, d'ailleurs homme sensé,
> D'un mal assez bizarre eut le cerveau blessé.
> S'imaginant sans cesse, en sa douce manie ;
> Des esprits bien heureux, entendre l'harmonie.
> Enfin un médecin, fort expert en son art,
> Le guérit par adresse, ou plutôt par hazard.
> Mais voulant de ses soins exiger le salaire :
> Moi vous payer ! lui dit le bigot en colère !
> Vous dont l'art infernal, par des secrets maudits
> En me tirant d'erreur, m'ôte le Paradis !
>
> BOILEAU.

5° *Mélancolie dansante*. — Il y eut en Hollande en 1373, au rapport de Sauvages, une maladie de ce genre. Ceux qui en étaient attaqués, quittaient leurs habits, se couronnaient de fleurs et se tenant par les mains, couraient dans les rues et dans les temples, en chantant et en sautant, jusqu'à ce que plusieurs tombassent à terre. Le tarentisme n'est autre chose que cette maladie, souvent même feinte par des imposteurs.

6° La *Nostalgie ou maladie du pays*. — C'est un désir continuel, excessif, de revoir sa patrie, avec tristesse, langueur, abattement, chagrins, maigreur et bientôt fièvre lente. Cette maladie attaque les enfants nouvellement sevrés; les jeunes-gens qui mollement élevés dans le sein de leur famille s'en éloignent pour la première fois, qui éprouvent des revers, des pertes considérables, etc. L'amour de la patrie a eu dans tous les temps des charmes si puissans! Entendons les plaintes des tribus d'Israël, captives sur le bord de l'Euphrate :

« *Quomodò cantabimus canticum domini in terrà alienà, si oblitus fuero tui jerusalem, oblivioni detur dexterà mea, adheret lingua mea faucibus meis.* »

Le docteur Mathey de Genève, a vu des français, chassés de leur patrie, mourir victimes de leur amour excessif pour la France, dont ils prononçaient le nom en expirant..... *Et dulces moriens reminiscitur argos.* Il rapporte qu'à l'ouverture des cadavres de ces infortunés, on a trouvé le cœur serré par le pericarde qui y adhérait de toute part. Les lapons, les groënlendais éprouvent une nostalgie des plus profondes, lorsqu'on les éloigne de leur triste et misérable patrie. Les esquimaux sont remarquables par leur attachement au sol natal, lorsqu'on les transporte loin du sol natal, ils tombent tous dans la nostalgie, ne pouvant oublier leur chair de phoque, leurs canots, leurs chiens et leurs traineaux. Ils aiment le Nord, comme certains oiseaux de mer, qui ne peuvent vivre que dans des régions hyperboréennes. Le son de la cornemuse fesait déserter les soldats écossais. Les suisses surtout sont fort exposés à cette maladie ;

« Mais voyez l'habitant des rochers helvétiques !
A-t-il quitté ces lieux tourmentés par les vents,
Herissés de frimas, sillonnés de torrens ?
Dans les plus doux climats, dans leurs molles délices,
Il regrette ses lacs, ses rocs, ses précipices.
. . . .
Si le fifre imprudent fait entendre ses airs
Si doux à son oreille, à son âme si chers (1),
C'en est fait; il répand d'involontaires larmes ;

(1) Une chanson, un air communément appelé le ranz des vaches, que les laitières suisses chantent en allant à leur pâturage, suffit pour attendrir le soldat et l'entrainer à la désertion : aussi est-il sévérement défendu de la jouer.

> Ses cascades, ses rocs, ses sites pleins de charmes
> S'offrent à sa pensée ; adieu gloire, drapeau !
> Il vole à ses châlets, il vole à ses troupeaux,
> Et ne s'arrête pas, que son âme attendrie,
> De loin n'ait vu ces monts et senti sa patrie :
> Tant le doux souvenir embellit le désert! »

7° *Spleen ou melancolia anglica.* — Le spleen est un dégoût de la vie qui porte au suicide. Ceux qui sont atteints de cette maladie sont indifférents à tout; lassés de jouissances terrestres, ils arrangent leurs affaires, font leur testament, disent adieu à leurs amis, par des lettres qu'ils leur envoient, et mettent tranquillement fin à leurs jours, en se pendant, en se noyant ou par d'autres moyens aussi prompts. Cette affection, nommée maladie anglaise, pourrait aussi recevoir le nom de mal français, car elle est aujourd'hui plus commune à Paris qu'à Londres, les journaux sont remplis d'histoires de suicides. Ce sont ordinairement de jeunes débauchés, sans mœurs et sans religion, qui rassasiés de la vie, dont ils ont épuisé toutes les sensations, insensibles au plaisir comme à la douleur, qui ne l'avertissent plus de son existence, ils ne trouvent par tout que l'ennui, et quittent la vie; la mort n'étant pour eux qu'un dernier acte de la vie matérielle, tout aussi indifférent que les autres.

Gresset dépeint très bien cette maladie.

SIDNEY.   Puisque vous savez tout, plaignez un misérable,
        Ma funeste existence, est un poids qui m'accable.
        Je vous ai déguisé ma triste extremité,
        Ce n'est point seulement insensibilité,
        Dégoût de l'univers, à qui le sort me lie.
        C'est ennui de moi-même et haine de ma vie,
        Je les ai combattus mais inutilement
        Ce dégoût, désormais est mon seul sentiment,
        Cette haine, attachée aux restes de mon être,
        A pris un ascendant, dont je ne suis plus maître,
        Mon cœur, mes sens flétris, ma funeste raison
        Tout me dit d'abréger le temps de ma prison.

8° *Zoantropie.* — Croyance d'être changé en un animal quelconque en loup, en cheval, en bœuf, en chien, en chat, etc. Raulin rapporte que toutes les filles d'un couvent, éprouvaient dans des jours et des heures marquées, des accés de mélancolie dans lesquels, elles se croyaient changées en chat, et formaient un concert miaulique. On sait que Nabuchodonosor, fut changé en bœuf par ordre de Dieu.

9° *Misantropie.* — Cette affection portée au plus haut degré, forme aussi une variété de la mélancolie. Homére nous représente Bellerophon parcourant les campagnes, les forêts, les déserts, pour calmer les accès de sa mélancolie. Diogène Laërce, rapporte qu'Eraclite devint tellement misantrope qu'il se retira dans les bois pour vivre de racines et d'herbes avec les bêtes féroces. L'amour propre, l'orgueil, inspirent à Timon, à Jean-Jacques Rousseau, le mépris et la haine pour ses semblables, fuyant leur présence, ils vivent retirés se consolant : le premier, par le spectacle des maux qui affligent l'humanité, le second en calomniant les hommes. L'ingratitude et la vengeance remplacent ainsi chez eux les doux sentimens de l'amitié et de la reconnaissance.

10° *Maladie imaginaire.* — C'est la plus commune de toutes les variétés de la mélancolie. La folie de ces sortes de malades, est de se croire attaqués tantôt d'une maladie, tantôt d'une autre, et qu'ils croient toujours mortelle. Je vois continuellement de ces mélancoliques chez mon père, qui rapporte dans ses ouvrages, l'histoire d'un jeune homme, qui en copiant les articles de son dictionnaire de médecine, s'imaginait être atteint des maladies dont la description passait sous sa plume. Le scribe était bossu et contrefait : ayant vu à l'article hydropisie, que cette mauvaise conformation favorisait la formation de l'hydrothorax, il crut à l'instant qu'il avait de l'eau dans sa poitrine proéminente. Il se mit au lit, se croyant dangereusement malade ; mon père se rendit chez lui et eut la plus grnde peine à détruire l'erreur de son imagination, par les assurances les plus positives et réitérées qu'il n'était point malade.

Cette année même, dans le courant du mois d'août, je voyais journellement chez nous ; une femme de 60 ans, d'un tempérament maigre, sec, d'un visage pâle et jaunâtre, qui ayant été mordue légérement à la main par une poule, venait tonrmenter à tout instant son médecin, de ses craintes que la poule ne fut enragée ; c'est à force de lui répéter que les poules n'étaient poit susceptibles de contracter la rage et qu'il répondait d'elle sur sa tête, que mon père parvenait pour quelques heures seulement, à calmer son imagination exaltée; mais disait cette malheureuse, je mène une vie affreuse! je ne dors ni la nuit ni le jour! je voudrais vaincre mes idées tristes, je ne puis y parvenir, quand donc cesseront-elles de m'assiéger? lorsque les chaleurs auront fini répondait mon père.

11° *Érotomanie, délire érotique.* — L'Érotomanie consiste dans un amour excessif pour un objet réel ou souvent imaginaire. Les philosophes, les poëtes ont décrit ses désordres, les médecins de tous les âges l'ont signalé, elle n'épargne personne, ni les sages, ni les fous, cette maladie qui a son siège dans la tête, est une altération de la faculté pensante. Elle a été signalée chez tous les peuples; les anciens qui avaient déifié l'amour, la regardèrent comme une des vengeances les plus ordinaires de Cupidon et de sa mère. Cervantès, dans son Don Quichotte, nous a donné la description la plus vraie de cette maladie épidémique de son temps, en lui conservant les traits des mœurs chevaleresques du 15ᵉ siècle. Chez Héloïse et Abeilard, elle s'associa aux idées religieuses, dominantes alors. L'Érotomane rend une espèce de culte religieux à l'objet aimé, c'est de l'amour contemplatif ou platonique, bien différent de la nymphomanie et du satyriasis, qui ne consistent que dans les plaisirs des sens: dans celui-ci, le mal vient des organes réproducteurs, dont l'irritation réagit sur le cerveau; dans l'érotomanie au contraire, l'amour est dans la tête, dans le *sensorium commune*, l'ame seule est affectée.

Salomon aima jusqu'à l'idolatrie, le Tasse devint fou pendant 14 ans, parce qu'il aimait une princesse. On sait qu'Orphée était si amoureux de sa femme, qu'il ne balança pas à descendre dans les enfers pour l'y chercher; Aristote poussa la mélancolie amoureuse jusqu'à offrir de l'encens à sa femme. L'on sait que Galien reconnut à l'agitation du pouls, l'amour de la femme de Boëce consul romain, pour le gladiateur Pilade. Qu'Érasistrate découvrit par le même signe, la passion dont brûlait Anthiochus-Soter pour Stratonice sa belle-mère.

Quelquefois même la passion amoureuse a pour objet des êtres inanimés. Alkidias Rhodien est pris de délire érotique, pour une statue de Cupidon de Praxitèle. Variola dit la même chose d'un habitant d'Arles qui vivait de son temps.

Dans le délire érotique, les yeux sont vifs, animés, le regard passionné, propos tendres, actions expensives mais décentes, oubli de soi-même, culte pur, souvent secret, voué à l'objet aimé, extase et contemplation de ses perfections souvent imaginaires. Les amoureux embellissent toujours l'objet de leur culte.

> « Ils comptent les défauts pour des perfections,
> Et savent y donner de favorables noms :
> La pâle est au jasmin, en blancheur comparable,
> La noire à faire peur, une brune adorable ;
> La maigre a de la taille et de la liberté,
> La grasse est dans son port pleine de majesté,
> La malpropre sur soi, de peu d'attraits chargée,
> Est mise sous le nom de beauté négligée ;
> La géante paraît une déesse aux yeux,
> La naine un abrégé des merveilles des cieux.
> L'orgueilleuse a le cœur digne d'une couronne,
> La fourbe a de l'esprit ; la folle est toute bonne.
> La trop grande parleuse est d'agréable humeur,
> Et la muette garde une honnête pudeur.
> C'est ainsi qu'un amant dont l'amour est extrême
> Aime jusqu'aux défauts, des personnes qu'il aime. »
>
> (MOLIÈRE.)

La crainte, la jalousie, la joie, la fureur, etc., semblent concourir tous ensemble, ou tour à tour, pour faire le tourment de ces mélancoliques. L'Erotomanie se masque quelquefois sous des dehors trompeurs ; alors elle est plus funeste, le malade ne déraisonne pas, mais il est triste, sombre, taciturne, les personnes du sexe, victimes de cette maladie, deviennent chlorotiques, elles perdent le sommeil et l'appétit ; leur visage devient pâle, leurs yeux ternes, enfoncés, gonflés par les veilles continuelles, où les larmes qu'elles répandent en cachette, leur corps maigrit de plus en plus, le défaut de nourriture, la passion, consument leur desnières forces et elles tombent dans une fièvre lente que Lorry appelle érotique, avec hystérie, nymphomanie. etc. Cette maladie conduit au suicide en produisant le désespoir, ou la certitude de n'obtenir jamais l'objet aimé. Sapho n'ayant pu fléchir les rigueurs de Phaon, se précipite du haut du rocher de

Leucade, devenu si célèbre depuis. Ou bien, dans leur désespoir, ces mélancoliques se donnent la mort et leur dernier soupir est pour l'objet de leur amour.

Outre les causes que nous venons d'énumérer en détail, il en est une foule d'autres capables de produire la mélancolie, telles que la passion du jeu, l'ambition, l'envie, les pertes de l'honneur et de la liberté, la passion de l'étude, les impressions trop fortes, la mélancolie succède quelquefois à la manie, l'hystérie, l'hypocondrie, l'Épilepsie, la nymphomanie.

Pronostic. La mélancolie n'est pas mortelle par elle-même, on a vu plusieurs malades guérir du mal imaginaire et de plus autres variétés de monomanie. Les pleurs et les cris, sont d'un heureux présage, les hémorrhoïdes, les varices et le flux menstruel supprimés, qui surviennent aux mélancoliques, sont salutaires.

La mélancolie qui dépend des causes physiques, surtout laiteuse, est d'un pronostic plus favorable que celle qui tient à une cause morale. Cette maladie est plus fâcheuse chez les femmes que chez les hommes. Cependant la nymphomanie cesse aussitôt que la malade à satisfait sa passion effrénée, ou qu'elle est devenue grosse. Le savant Esquirol a précisé avec soin les maladies auxquelles les mélancoliques succombent : elles sont toujours dans la classe des chroniques. Sur 176 cas de monomanie, 10 sont morts de fièvre putride, 24 de marasme ou fièvre lente, 62 de pleurésies chroniques ou pulmonies, 16 des maladies du cœur, 32 d'inflammations chroniques abdominales, 26 de scorbut, 6 d'apoplexie.

Traitement. Il est très difficile d'établir un traitement général de la mélancolie, à cause des formes variées qu'elle prend, et des moyens particuliers que chaque variété exige. Il est essentiel dans cette maladie d'en commencer la curation dès son début. Le traitement renferme deux sortes de médications.

1° L'emploi des moyens physiques.

2° Celui des moyens moraux.

Dans le premier, on comprend tout ce qui peut débarasser les premières voies, qui sont souvent affectées dans cette maladie, principalement le système de la veine-porte. *Vena portarum. Porta malorum.* aussi, doit-on commencer le traitement par l'application de sangsues aux veines hémorrhoïdales. Un vomitif donné au commencement est souvent efficace, on purge ensuite le malade avec une médecine ordinaire, ou au moyen des pilules fortement évacuantes et composées de drastiques. Les saignées répétées seraient employées, si les symptômes imflammatoires se montraient intenses ou au cerveau.

Dans la mélancolie réduite à l'état nerveux ou purement nerveuse; s'il y a atonie, on donne les amers, les ferrugineux, le vin, le quinquina et autres toniques, les antispasmodiques de toute sorte.

Si le spasme domine, on emploi les bains tièdes, les humectans, les adoucissans, les calmans, les eaux minérales acidules.

2º *Traitement moral.* Comme la mélancolie est presque toujours l'effet des passions, combien seraient vains et frivoles, les principes de traitement, s'il ne reposaient que sur la pharmacie, avec qu'elle confiance ne doit-on pas leur préférer les secours tirés de l'hygiène et le langage persuasif de la saine philosophie. Après avoir écarté les causes qui entretiennent la maladie, il faut s'attacher à détruire l'idée dominante des mélancoliques, à combattre leur délire exclusif. On y parvient en mettant en usage quelque moyen adroit, ou quelque artifice capable de changer l'ordre des idées du malade, en paraissant prendre part à son mal et en adhérent à son sentiment; pour mieux renverser ses erreurs, il faut bannir la crainte de l'esprit des mélancoliques, et surtout l'ennuie, ce tyran des âmes qui pensent, contre lequel la sagesse peut moins que la folie. On doit tacher de faire renaitre le courage et l'espérance dans le cœur de ces infortunés; il ne faut jamais prononcer un mot à double sens devant les mélancoliques, qui sont tous soupçonneux, ce précepte regarde surtout le médecin qui doit s'efforcer de gagner la confiance du malade, en lui donnant une explication simple et naturelle de son mal.

> N'allez pas en docteur pompeusement comique,
> Hérisser vos discours de grec et de latin ;
> Dans ce siècle éclairé cet appareil est vain.
> Les sciences n'ont plus d'enveloppe mystique ,

Et si votre malade était un homme instruit,
Délibérez ensemble ; et de votre conduite
Faites lui concevoir la raison et la suite.
Pour soulager le corps , tranquilisez l'esprit.

(DELAUNAY.)

RÉGIME. Puisque la plupart des mélancoliques ne doivent pas user de remèdes pharmaceutiques , il faut joindre aux moyens moraux capables de les guérir ou d'adoudir leurs maux , les secours bien entendus de l'hygiène. Leur régime doit être humectant , adoucissant et rafraichissant, comme le pain bien fermenté, la chair des jeunes animaux , viandes de boucherie, volailles , gibier tendre , œufs frais , laitage , riz et autres farineux, apprêtés à l'eau ou lait, ou au bouillon gras.

Les végétaux doux , tendres et frais, racines, feuilles ou herbes , tels que carottes , raves, citronnelle , melons, scorsonères, bette rouge, salsifis , choux fleurs , oseille , épinards, laitues , pissenlit. Les fruits fondans et amers , fraises , framboises , groseille , cerises, oranges , grenades, pèches , poires , raisins surtout ; confitures de toute sorte. La boisson du malade sera la bierre fraîche ou l'eau de fontaine pure ou mêlée avec un tiers de vin ; une sobriété raisonnable, surtout au repas du soir , l'attention de bien mâcher les alimens et d'en exclure ceux qui sont venteux et de difficile digestion ; il évitera les salaisons , le cochon , la viande noire , les patisseries , les fritures, les ragoûts trop épicés , les fromages salés, les végétaux , asperges , céléri, persil , cresson.

Les mélancoliques éviteront avec soin , le chaud, l'umidité , le froid, les veilles et le sommeil trop prolongé , les contentions d'esprit, les passions tristes de l'âme , les plaisirs devenus trop répétés , les boissons spiritueuees ; en un mot tout ce qui est capable d'échauffer et d'exciter.

Les mélancoliques doivent habiter une campagne où l'air soit pur et serein et embaumé du doux parfum des fleurs. Le lieu de leur demeure doit être élevé d'un aspect riant , entouré de belles prairies et de courans d'eau pure ; leur appartement doit être agréable et galamment orné. Ils feront un exercice modéré , notamment en promenades en voiture , ou sur une petite monture, voyages agréables sur mer·

Ils doivent se livrer à des lectures agréables, fréquenter les sociétés gaies et amusantes; les spectacles, les bals; faire des parties de plaisir, aller à la chassse, à la pêche, se livrer aux traveaux légers de la campagne, aux jeux, surtout à celui de billard; à l'escrime, à la danse, au chant. Les concerts harmonieux produisent surtout des effets merveilleux sur l'esprit des mélancoliques, souvent l'harmonie enchanta et suspendit la douleur, mais sa puissance salutaire fut toujours plus marquée sur les douleurs de l'esprit; seule, elle connaît le chemin du cœur, seule elle sait endormir les chagrins importuns, assoupir les noirs soucis et éclairer les nuages de la sombre mélancolie. Celle de Saül ne pouvait être calmée que par la harpe de David. La colère d'Achille était apaisée par la lyre du centaure Chiron. La lyre de thimothée produisait des effets merveilleux sur l'esprit d'Alexandre.

> Par les divers accords du fameux Thimothée,
> Admirez comme l'âme, émue, et transportée,
> Quitte et prend tout à coup de nouveaux sentimens.
> Quand il change de ton différens mouvemens
> Partagent à l'envie le grand cœur d'Alexandre ;
> Il s'anime, il s'irrite, il veut tout entreprendre,
> Implacable guerrier, faible amant, tour-à-tour
> La gloire dans son cœur, combat avec l'amour.
> Avec transport tantôt il demande des armes
> Et tantôt il soupire et se baigne de larmes.
> Un grec sut triompher du vainqueur des persans
> Et le maître du monde, obéît à ses chants
> Quel cœur n'éprouva pas ce que peut l'armonie ?
>   POPE, trad. de Duresnel.

Nous allons dire actuellement, un mot sur la thérapeutique des diverses variétés de la mélancolie ; elle ressortira le plus souvent des observations qui y sont rapportées.

1° *Mélancolie nerveuse.* — Une dame de Milhau, vivant dans l'aisance le luxe et les plaisirs que procure la fortune, était douée d'une grande sensibilité nerveuse; elle se plaignit tout-à-coup d'une foule de maux qui allaient disait-elle la conduire au tombeau. Ses parens eurent pour elle toutes sortes d'attentions et de soins, ce qui ne fit qu'augmenter sa maladie. Elle rassemblait sa famille plusieurs fois le jour, pleurait de regret de la quitter, prétendant qu'elle allait mourir; Conduite à Montpellier, M. le docteur Chrestien, fit une ordonnance qu'on n'exécuta point, il conseillait de ne point complaire à la malade et de la contrarier sur tout ce qui avait rapport à son mal, de se moquer de ses plaintes, etc. Cette dame vécut ainsi quelques années dans un état parfait de santé de corps, mais conservant toujours son idée favorite d'une mort prochaine.

Lorsque cette maladie attaque un homme instruit, on a recours aux sages conseil et aux propos amusans.

Agrotas animas, nihil nisi sermo levat.

Les discours peuvent seuls calmer les maux de l'ame.

Mélancolie religieuse. — Sauvages, a vu une femme qui désespérant de son salut se pendit à une des poutres de sa chambre. Tourtelle a vu un mélancolique, qui pour faire plus aisément son salut, pratiqua sur lui l'opération que se fit St-Origène pour vaincre le démon de la concupiscence.

Les encouragemens donnés par les ministres de la religion, sont souvent des moyens efficaces contre cette espèce de mélancolie. Zacutus Lusitanus, rapporte qu'un jeune homme qui se croyait damné fut guéri par l'introduction dans ses appartemens, d'un homme déguisé sous la forme d'un ange qui lui annonça que ses péchés étaient remis.

3' *Démonomanie.* — Les sorciers, les possédés, les follets étaient des mélancoliques ou des charlatans, des jongleurs ou des gens faibles d'esprit que des imposteurs avaient menacés de leur jetter un sort, ce sont des rêves obcènes qui ont donné croyance aux incubes et aux succubes, Quelques hystériques ont vu le diable sous la forme d'un jeune homme beau et bien fait, nul doute, que quelque libertin abusant de la faiblesse de quelques femmes; n'aient emprunté au diable sa forme et sa puissance.

Hector Boëce rapporte qu'un jeune homme d'une extrême beauté était tourmenté toutes les nuits, par une jeune démone sous les traits d'une charmante personne, qui pénétrait dans sa chambre à travers la sersures. Les livres saints et profanes parlent beaucoup de ces possédés.

L'inquisition a fait brûler dans le temps un grand nombre de démoniaques, de sorciers. Les auteurs disent qu'il en a été brûlé 30,000, en Angleterre, 100,000 en Allemagne et plus de 300,000 en Espagne. Les français n'ont pas autant souffert de la brûlure, parce que leurs prêtres ont été dans tous les temps plus éclairés. Cependant les parle mens ont brûlé en France un grand nombre de sorciers, encore en 1718, le parlement de Bordeaux fit brûler un démoniaque.

La démonomanie réclame le traitement physique et moral de la mélancolie en général. La présence, les consolations, les encouragemens des ministres de la religion peuvent en donnant quelque confiance au malade, le mettre sur la voie de la guérison. Quand ils auront à faire à quelque jongleur, ils useront de la méthode expéditive du curé de Saint-Sulpice de Paris. Une convulsionnaire ayant commencé dans l'église ses tours de gobelets, Languet accourut auprès d'elle, se fit apporter le bénitier, le lui renversa tout entier sur la tête en lui disant : je t'adjure au nom de J.-C. de te rendre tout à l'heure à la salpêtrière ou je vais t'y faire conduire à l'instant. L'exorcisme opéra, le démon se sauva à toute jambe et ne reparut plus.

4° *Melancolie d'entousiasme.* — Cette variété ressemble beaucoup à la précédente, sur laquelle nous nous sommes beaucoup étendus et exige un traitement analogue. Les convulsionnaires de Saint-Médar, appartenaient à ces deux espèces ; on sait que le jauséniste François de Paris, s'était mis dans une telle odeur de sainteté par ses jeûnes, ses mortifications et ses actes de bienfaisance, que desuite après sa mort, il s'opéra de nombreux miracles sur son tombeau situé dans le cimetière de Saint-Médar. Pendant quatre ans, les miracles se bornèrent à la guérison des malades qui touchaient la chemise du Saint ou la terre de sa tombe ; mais en 1731, la scène changea tout à fait, les croyans qui se rendaient au tombeau y éprouvaient des convulsions effroyables. Ils prédisaient l'arrivée du prophète Élie, la destruction des huguenots, des juifs, etc., le peuple se rendait en foule au cimetière; des esprits forts même crurent à la vérité des miracles qui s'y opéraient. Enfin, sur le rapport du chirurgien Morand, qui reconnut que les convulsions tenaient au pouvoir de l'imagination et aux effets violents de la volonté, on ne laissa plus approcher du tombeau et on ferma la porte du cimetière, sur laquelle un plaisant mit le lendemain :

. . . .

. . . .

Les fanatiques n'en continuèrent pas moins loin du cimetière d'avoir les convulsions ils se prêtaient ce qu'ils appelaient les grands secours et se frappaient avec des pierres, des épées, etc. Cette épidémie convulsive ne prit fin qu'en 1736.

Le traitement de cette variété de mélancolie ne diffère pas des autres.

5° *Mélancolie dansante.* — On avait donné à cette espèce, le nom de tarentisme parce qu'on croyait cette affection produite par la morsure d'une araignée nommée tarentule et fort commune dans le pays de Naples ; la danse était provoquée par les sons d'instrumens harmonieux chez les personnes qui en étaient atteintes, et c'était principalement les femmes.

On croyait ce moyen seul efficace contre cette affection ; on sait aujourd'hui que la piqûre de la tarentule ne produit qu'un mal très léger qui guérit de lui-même.

6° *Nostalgie ou maladie du pays.* — Le seul moyen sûr et prompt de guérison, est le retour de l'enfant auprès de sa nourrice, et du jeune homme dans sa patrie. Autrement : distractions de toute sorte, promenades à la campagne, chasse, danse, musique, lectures amusantes, spectacles, société des gens gais, etc. Traitement de la mélancolie en général.

7° *Spleen ou dégoût de la vie.* — Curation, sociétés avec des hommes sages et enjoués, vie et exercice champêtre, promenades, chasse, natation, jeux, spectacle et musique agréable, lectures légères et amusantes, vive amitié, amour filial, réveillé par la présence de ses enfants, nourriture légère et végétale, fruits fondants, bains frais, société nombreuse de parents et d'amis sincères et joyeux.

Utere convivis non tristibus, utere amicis quos nugæ et risus et joca salsa juvant.

On sait que les filles de Milet, furent prises d'un délire singulier, elles désiraient si ardemment la mort, qu'elles se pendaient en foule. Le sénat ordonna par un édit, qu'on exposerait sur la place publique, le corps nud de la première qu'on trouverait s'être pendue. Cet édit mit fin à la fureur de ces filles ; de nos jours, le roi de Saxe vient d'ordonner que le corp du suicide fut livré aux amphithéâtres publics de dissections.

8° *Zoantropie*. — Traitement général de la mélancolie et mise en pratique du régime qui y est conseillé : occupations de l'esprit capables de dissiper l'idée dominante du mélancolique.

On sait que la lycantropie ou la croyance d'être changé en loup, est une sous-variété de zoantropie, c'est ce qu'on nommait autrefois *loup. garou*, l'existence des lougarous est attestée par les auteurs anciens profanes et sacrés. Virgile a dit :

His ego sæpe lupum iri et secondére sylvis mœrim ;

J'ai vu par leurs secours mœris plus d'une fois
Sous la forme d'un lonp s'enfoncer dans les bois.

En 1542, au rapport de Job *Fincel*, les lonps garous étaient si nombreux près de Constantinople, que l'empereur sortit avec sa garde en tua 150 et mit les autres en fuite. Le plus souvent l'histoire des loups garous se rattache à celle de quelque amoureux qui se déguise pour écarter les surveillans d'auprès de la personne qu'il aime.

9' *Misantropie*. — La curation de cette maladie est difficile ; amis intimes et d'une humeur enjoué, toujours disposés à voir les hommes plus enclins au bien qu'au mal, spectacles gais musique, sociétés agréables, promenades dans les campagnes riantes, jeux, amusements, travai assidu et capable de causer beaucoup de distractions, cultùre des fleurs et d'un jardin, bains, nourriture douce et en grande partie végétale· Fuite des méchants et des personnes tristes et chagrines.

10 *Maladie imaginaire*. — Cette variété de mélancolie qui comme nous l'avons dit est la plus commune est presque toujours héréditaire, il faut mettre en usage les moyens moraux et hygiéniques conseillés contre la mélancolie en général, nul emploi de médicamens que les malades réclament et qui ne serviraient qu'à prolonger leurs maux.

La femme d'un meunier de Creissels près de Milhau, était restée pendant un mois entre les mains d'un médecin qui lui avait fait prendre beaucoup de remèdes. Mon père fut demandé et je l'accompagnai. Toutes

les questions qui furent faites à la femme n'amenèrent la découverte
d'aucune maladie. A la visite du lendemain, la meunière se plaignit d'une
douleur au bas-ventre et à l'estomac ; mais mon père remarqua une sorte
d'agitation dans ses yeux, son regard , sa parole, il lui dit : la poitrine vous fait mal aussi? — Oui. — Et la tète? — Oh ! certainement.
Ah! je vois ce que c'est, dit mon père ; vous n'êtes pas malade, c'est
votre imagination seule qui l'est; je ne reviendrai pas demain, car si je
vous fesais un traitement , j'entretiendrais votre état mélancolique. La
meunière qui n'était pas sortie depuis deux mois de sa chambre , trouva
de très bonnes jambes pour se rendre deux jours après à notre maison.
Mon père fit tout ce qu'il put pour lui persuader que son mal ne tenait
qu'à ses nerfs , qu'elle avait délicats , lui conseilla la promenade et
les distractions de toute sorte. Elle revint plusieurs fois à quelques jours
de distance. On persista à lui dire qu'elle n'avait rien; on ne voulut
plus enfin la recevoir. Ce refus obstiné procura seul la guérison de
la malade, comme elle l'a avoué depuis.

11° *Erotomanie.* — Curation , tisanes rafraichissantes avec le sel de
nitre, bains tièdes laxatifs, nourriture légère ou abstinence entière ou
de longue durée, distraction de toute sorte , voyages à pied longs et
difficiles, mais la possession de l'objet aimé est souvent le seul remède
de la mélancolie amoureuse. *Amore medico sanatur amor* , dit Ovide. On
sait qu'*Antiochus*, ne balança pas pour conserver son fils à lui donner
son épouse.

On rapporte chaque jour des histoires d'amoureux , trariés , qui ne
pouvant appartenir l'un à l'autre , mettent fin à leur existence, soit
par l'asphixie au moyen du charbon , soit par des armes quelconques.
l'autopsie démontre presque toujours que l'amante est morte vierge.

    « Un amour vrai, sans feinte et sans caprice,
    « Est en effet le plus grand frein du vice. »

Il paraît qu'Ovide ne croyait pas à l'amour platonique ; il n'avait
jamais aimé, car il confond évidemment l'amour sensuel avec l'amour
véritable, lorsqu'il conseille pour se guérir d'avoir deux et même plusieurs amies. *Binas la beatis amicas.* L'art d'aimer d'Ovide , n'est évidemment que l'art de séduire.

Tissot, rapporte qu'une fille jeune et jolie devenue folle par l'inconsance de son amant, fut guérie en introduisant dans sa chambre sans qu'elle s'en apperçut, des musiciens qui jouaient trois fois par jour des airs bien appropriés à son état.

Quand à la mélancolie produite par d'autres causes que celles dont nous venons de nous occuper, il faut s'attacher à désruire la cause le plus souvent morale, quelquefois en contrariant le malade, en refusant de se prêter à sa manière de voir, en refutant ses raisonnemens qui tendent toujurs à aggraver son mal ; d'autres fois en ayant l'air de partager ses idées, mais en cherchant à les détruire par quelque stratagème. Uu mélancolique disait avoir un animal dans son estomac, qui s'y remuait sans cesse, le médecin applaudit à son idée, en disant que ce devait être quelque reptile ou poisson, ayant donné pour le faire sortir un grain d'émétique au malade, pendant qu'il vomissait, il glissa adroitement dans le plat uu petit poisson qu'il avait dans sa main. Le malade s'écria aussitôt : voilà l'animal qui me rongeait ; et il fut guéri.

Le médecin *Phylodate*, guérit un de ses malades qui s'imaginait être sans tête, en lui fesant appliquer une calotte de plomb dont le poids le fit revenir de son erreur.

Un autre croyait être mort et refusait toute sorte de nourriture, *Forestus* parvint à le faire manger et à le nourrir en lui présentant un autre mort qui assura que les gens de l'autre monde mangeaient très bien.

Un indien ne voulait pas uriner de peur d'inonder tout le Bisnagard, Son médecin vint lui annoncer d'un air désespéré que le feu allait consumer la ville capitale, s'il n'avait la complaisance de suppléer par son urine à l'eau qui manquait ; l'indien qui était près de la mort, obéït et fut guéri.

Zacutus Lusitanus, rapporte qu'un médecin usa d'un singulier moyen pour guérir un fou qui s'imaginait avoir toujours froid, et qui pendant les plus grandes chaleurs de l'été se fesait allumer un grand feu et s'y allait si bien rôtir, qu'on était obligé de l'enchaîner pour l'empêcher de s'y jetter tout-à-fait. Il lui dit qu'il avait raison, qu'il fesait horriblement froid et que puisque on l'empêchait de se chauffer, il lui conseillait de se revêtir d'une bonne fourrure depuis la tête jusqu'aux pieds; le malade y consentit, on l'affubla de peaux de mouton bien trempées dans l'eau de vie; quand il s'en fut bien couvert, le médecin y mit le feu, tout prit à l'instant. Ce maniaque qui pour cette fois était réellement au milieu des flammes, était au comble de la joie; après quelques moments il cria enfin qu'il avait chaud, dès cet instant il fut guéri de sa folle imagination.

Un hollandais recevait dans une maison de santé toutes sortes de mélancoliques, qu'il logeait et nourissait très bien, il s'empressait de satisfaire à leurs goûts et à leurs caprices, en un mot il les traitait avec toute la bonté et la douceur possible, pourvu qu'ils ne parlassent pas de leurs maladies; mais au premier mot qu'ils prononçaient sur l'objet de leur délire, il changeait de ton, s'emportait et les fesait flageller impitoyablement jusqu'à ce qu'ils cessassent de se plaindre de leur maladie. Cette méthode serait la plus efficace si on avait le courage de l'employer dans la plupart des cas; il faut rompre l'idée du malade imaginaire, on y parvient rarement par les moyens de douceurs.

Encore deux observations dont j'ai été témoin dans la pratique de mon père. Une jeune dame dont la mère avait été mélancolique, jeune et bien portante et n'ayant jamais été malade, se marie au grand contentement de tous, à peine est-elle enceinte, que d'un air fort tranquille elle déclare à sa famille qu'elle mourra en couches, qu'elle le sait, etc. Tous les raisonnemens, tous les moyens de persuasion furent employés inutillement pour la détourner de son idée fixe; elle se porte très bien, souffre peu de sa grossesse; mais elle fait son testament, se rend journellement à l'église, fréquente les sacrements, afin disait-elle, de se trouver prête au moment de sa mort qui arriverait sans faute après son accouchement. Tranquille sur son état, l'enfant vient parfaitement à terme, l'accouchement se fait très heureusement et avec l'assistance d'une sage femme très instruite. Bientôt après se montrent quelques mouvemens convulsifs. Dans la nuit la femme est prise de convnlsions épileptiformes qui cessent pour reparaître toutes les demi-heures; Les lochies étant abondantes avec beaucoup de sang, la saignée ne fut pas employée; les potions anti-spasmodiques firent cesser plusieurs fois les

accès ; mais bientôt les attaques se renouvelèrent tous les quarts d'heures, devinrent plus violentes avec une sorte de décomposition des traits de
la face, jusqu'à un dernier accès qui étouffa la malade, vingt-quatre
heures après l'accouchement.

Ces attaques d'épilepsie à la suite des couches, ont été évidemment
produites par les craintes de la jeune femme et par son imagination
fortement exaltée.

Une sœur de la précédente bien mariée, riche, contente, jeune et
robuste, s'imagine qu'elle va mourir, elle se rend chez mon père
presque tous les jours ; questionnée sur ses maux, elle se trouve embar-
rassée pour en trouver quelque cause ; c'étaient enfin des douleurs d'estomac qui l'empêchait de dormir, des maux de cœur, de poitrine, etc.
Cependant son mari assure qu'elle mange bien, ne dort pas mal, et que
toutes les fonctions du corp étaient parfaites, ce que d'ailleurs un tein
frais annonçait suffisamment. Mon père l'accueillit avec complaisance
pendant quelque temps, mais voyant que les idées de la malade deve-
naient plus tristes, il changea de ton, lui déclara qu'elle se portait
très bien et qu'elle devait cesser de tourmenter sa famille et son médecin, pour des maux purement imaginaires ; elle cherchait mille prétextes
pour venir parler de ses prétendus maux ! mon père la brusqua souvent
et inutilement pendant tout l'été et ce ne fut qu'au commencement de
l'hiver que la malade cessa ses visites et fut guérie.

Il paraît positif que le moyen le plus sûr et souvent le seul efficace
consiste à se moquer des plaintes des mélancoliques, à refuser de les
écouter et même à mettre en pratique les moyens violens employés par
le médecin hollandais et dont nous avons parlé.

La mélancolie n'est que trop souvent le partage des gens de lettres
des hommes d'esprit, et la suite d'une ambition non satisfaite, témoin
le poète Gilbert, qui ayant été à Paris pour y trouver la fortune, y fut
mal accueilli et vit son espérance trompée ; transporté alors du désir
d'immoler à sa verve les gens de lettres qui lui portaient ombrage
il fit sa satire du 18me siècle qui lui suscita des ennemis puissans ; la mi-
sère, l'envie le désespoir, le jettèrent dans une mélancolie profonde ;
son idée fixe était que les philosophes le persécutaient et voulaient lui

enlever ses manuscrits, il les mit dans une cassette dont il avala la clef qui l'étouffa. Huit jours avant sa mort il composait les vers suivants empreints de la mélancolie la plus attendrissante.

Au banquet de la vie, infortuné convive,
Je parus un jour, et je meurs ;
Je meurs et sur la tombe où lentement j'arrive
Nul ne viendra verser des pleurs !

—

Salut ! champs que j'aimais, et vous douce verdure
Et vous, riant exil des bois !
Ciel, pavillon de l'homme, admirable structure
Salut pour la dernière fois.

QUESTIONS TIRÉES AU SORT.

SCIENCES ACCESSOIRES.

*Caractères botaniques et propriétés des plantes
de la famille des borraginées.*

Les borraginées ont pour caractère botanique les caractères suivans : calice persistant à cinq divisions profondes, carolle monopetale ordinairement régulière en tube, en roue, ou en cloche, à cinq divisions insérées sous le pistil ; cinq étamines adhérentes à la partie inférieure de la carolle, ovaire, supére, simple à deux ou quatre lobes, attachés de côté à la base du style ; une capsule renfermant quatre graines, ou bien le fruit est formé de deux noix chacune à deux graines ou de quatres noix menospermes ; feuilles alternes parsemées de mamelons et souvent hérissées de poils longs, durs accrochans.

Propriétés médicinales. — La famille des borraginées se composent de différentes espèces, des genres suivans, l'héliotrope, la scarpione, le germil, la buglose, la cynoglosse, la pulmonaire, la consoude, le mélinet, la bourrache, la rapette, la viperine, l'arguse et la nolairaprostrata qui croit au Pérou.

L'héliotrope a été nommée herbe aux verrues parce que ses feuilles étant appliquées dessus elles les font disparaître.

La scarpionne n'est point employée en médecine.

Le germil, nommé herbe aux perles, sans croire avec Dioscoride et les anciens que les semences de cette plante qui sont employées en émultion, ont la vertu de dissoudre la pierre dans les reins et la vessie, on peut les prescrire comme diurétiques.

La buglosse à les mêmes vertus que la bourrache et peut lui être substituée.

La cynoglosse ou langue de chien est légèrement narcotique, les pilules de cynoglosse employées en médecine doivent principalement leur vertu calmante, à l'opium, aux semences de jusquiame, au safran et au castoreum qui jointes à cette plante les composent.

La pulmonaire officiale ou herbe aux poumons, est douée de peu d'action ; dans la phtisie pulmonaire on emploie ses feuilles à la dose d'une légère poignée dans les bouillons de veau ou de poulet.

La grande consoude qui a joui d'une grande réputation comme astringente par sa racine, possède une vertu mucilagineuse et ne consolide rien, n'en déplaise à quelques médecins et aux gens du monde. *Profannus vulgus.*

Le mélinet. On attribue à cette plante des vertus astringentes, vulnéraires et raffraichissante, cette dernière propriété me parait contradictoire aux deux premières, le nom de cirinthe lui vient de cera, cire, parce que les abeilles vont recueillir le pollen de sa fleur pour en faire de la cire.

L'onasma n'est point encore employée en médecine.

La bourrache a joui au contraire d'un grand crédit comme pectorale, d'iaphorétique, appéritive, diurétique on emploie le sirop et le suc de cette plante qui contient du nitrate de potasse et de chaux.

ANATOMIE et PHYSIOLOGIE.

Déterminer s'il existe une époque où la circulation s'exécute par des canaux dépourvus de parois membraneuses.

Disons tout d'abord qu'il existe une époque ou la circulation s'exécute par des canaux dépourvus de parois membraneuses, du moins inapercevables à l'œil le plus perçant armé du microscope le plus fort, et que déterminer d'une manière exacte et rigoureuse les limites terminales de cette époque, est un problème dont la solution a échappé aux plus fameux embryologistes. Dans les premiers jours de la vie intra-utérine, l'œuf humain apparaît comme une petite masse fluide, sans forme, sans organes, qui cependant vit, se nourrit et s'accroît quoique d'une manière très lente, on n'y remarque de traces vasculaires que vers la fin environ de la troisième semaine, alors dit Béclard, les vaisseaux apparaissent dans l'épaisseur de la membrane ombilicale, sous la forme de petites vésicules arrondies et séparées les unes des autres, qui se réunissent entr'elles; ces premiers ligaments n'ont point de parois propres, ce sont de simples trajets creusés dans la substance de la membrane, substance qui s'arcboute vers leur circonférence et leur forme des parois, dont la texture et la composition ne se développe qu'à la longue. Jusqu'à cette époque, les liquides s'étaient partagés en différens courans poussés qu'ils étaient, par une puissance propre ou étrangère, qui comme toutes les inconnues a reçu différens noms selon l'idée que s'en est faite tel ou tel auteur. Delpech et Coste, qui ne voient dans l'évolution de l'Embryon que l'effet d'un fluide identique, du moins analogue au fluide électrique, l'appelle force électro-dinamique. Dutrochet en bon père, y croit évidente, l'endosmose organique vitale. Si la vérité était toujours attachée aux brilantes théories: nul doute que celle de Delpech n'eût répandu le plus grand jour, sur le point de physiologie le plus envelopé de ténébres; en résumé, l'époque déterminée est comprise entre l'apparition des premiers rudimens vasculaires et l'organisation définitive de ce même rudiment, c'est pendant sa durée que la nature se livre le plus spécialement à la formation des organes, le sang préexiste à ses vaisseaux et ne perd sa blancheur que vers la fin de la sixième semaine, où la plupart de nos organes sont ébauchés. Remarquons en finissant que le sang veineux forme les vaisseaux artériels puisque ceux-ci sont formés durant la vie intra-utérine.

SCIENCES CHIRURGICALES.

Dans quels points du corps observe-t-on des productions cornées? A quels accidents donnent-elles lieu? Comment doit-on les traiter?

Les productions cornées sont des productions accidentelles ainsi nommées en anatomie pathologique, parce qu'elles sont d'une nature analogue à celle de la corne. La peau et les membranes muqueuses sont les seuls tissus où les productions cornées peuvent se montrer. Quelques auteurs cependant parlent de productions cornées sur le foie, la rate, le poumon, les os du crâne ainsi que sur la dure mère. Ces prétendues productions cornées étaient une transformation des organes, en un tissu cartilagineux. Ces productions ne s'étendent pas en profondeur au-de-là de la peau, même on pourrait dire au-de là du terme, aussi sont-elles toujours mobiles. Les productions cornées se manifestent souvent sur des surfaces couvertes de poils ou de cheveux, on pourrait même penser que la matière qui les constitue est sécrétée par la bulbe des poils; on en a vu sur la langue, sur la conjonctive. Ces productions sont très friables et démontrent évidemment l'identité de la nature de la substance de la corne. Les femmes plus que les hommes sont sujettes à ces développemens accidentels de substances cornées. Ce sont surtout les vieilles femmes qui les présentent, et le siége le plus ordinaire, est la tête; on en a observé sur presque toute la surface du corps, la région antérieure de la poitrine, le dos, les épaules, les bras, les mains, les pieds ont été le siége de productions cornées, les endroits de la peau où il se manifeste le plus rarement de ces végétations, sont ceux où le tissu cutané se changent en membranes muqueuses, l'accroissement démésuré des onglés peut être rapproché des végétations cornées de la peau. On peut aussi rapprocher l'icthyose des altérations dont nous parlons; il y a entre ces deux affections de grandes analogies. L'icthyose, cette espèce de production dépend d'une organisation vicieuse de la peau ou d'un trouble dans la sécrétion de la matière de l'épiderme.

La nature, le mode d'implantation de ces productions indique suffisamment qu'elles sont superficielles, qu'on peut les enlever sans danger et que les tissus musculaires, fibreux, osseux, nerveux ou vasculaires, leur sont étrangers.

Le traitement de cette infirmité est très-simple, où on se contente d'exciser ces végétations, où l'on en fait l'extirpation en cernant leur base par une incision. Penser que cette opération expose le malade à un danger réel, est une erreur. Je répète que la mobilité de ces productions démontre que leurs racines ne s'étendent pas au-delà du niveau de la peau.

SCIENCES MEDICALES.

Décrire la marche et les symptômes de la variole franche.

La régularité de la variole franche a permis de diviser sa marche en périodes distinctes ; donnons une description rapide de chacune d'elle en lui assignant les symptômes qui lui sont propres.

1º Période ou période d'incubation.

Elle s'étend du moment de l'infection jusqu'à celui où la variole appa-- raît ; rien de particulier ne la signale.

2º Période ou période d'invasion.

Des horripilations vagues, des frissons, une disposition singulière aux sueurs , un état fébrile, des lassitudes générales, de la somnolence , des nausées, des vomissemens chez l'adulte , de l'agitation , de l'insom- nie , des cris plaintifs et des convulsions générales ou partielles chez l'enfant ; tels sont les symptômes qui accompagnent le plus ordinaire- ment l'invasion de cette maladie,

3º Période ou période d'éruption.

Du troisième au quatrième jour, la face , le front , principalement les lèvres, les côtés du nez deviennent le siège de petites taches rouges, circulaires, de là , l'éruption envahit progressivement le cou, la poitrine et surtout le reste du corps ; alors l'état fébrile diminue et disparaît entièrement, peu à peu les petites pustules s'élargissent , soulèvent la peau ; une vésicule transparente paraît à leur sommet, puis le liquide devient trouble et le bouton présente une dépression à son centre , il est ombilique.

4º Période ou période de suppuration.

Vers le cinquième ou sixième jour , on voit le sommet des pustules blanchir et la matière qu'elles contiennent, de séreuse qu'elle était , devient purulente ; alors pour la deuxième fois la fièvre éclate , la face se gonfle , devient douloureuse, les mains et les pieds se tuméfient éga- lement.

5º Période ou période de dessiccation.

Enfin la suppuration tend à sa fin et la dessiccation commence vers le neuvième ou dixième jour, l'épiderme se rompt, le pus s'écoule, se concrète et forme des croûtes ou des écailles furfuracées, qui tombent successivement du quinzième au vingtième jour de l'éruption et avec elle la fièvre disparaît, mais le gonflement de la face ne diminue que lentement.

FIN.

DES MALADIES

LES PLUS FRÉQUENTES

A BORD DES NAVIRES BALEINIERS,

ET DE LEUR TRAITEMENT ;

Suivies des quatre questions tirées au sort.

———◁≡▷———

THÈSE

Présentée et publiquement soutenue à la Faculté de Médecine
de Montpellier, le   novembre 1838 ;

Par Justin SANTY,
de Mèze (*Hérault*) ;

Ex-Élève de l'École pratique d'anatomie et d'opérations chirurgicales de la Faculté de
Montpellier ; Ex-Chirurgien externe de l'Hôtel-Dieu Saint-Éloi de la même ville ; honoré
d'une récompense nationale pour ses services pendant le choléra, dans les départemens de
l'Hérault, du Var et des Bouches-du-Rhône ; Membre titulaire du Cercle médical de
Montpellier ; Chirurgien de marine.

POUR OBTENIR LE GRADE DE DOCTEUR EN MÉDECINE.

Quæ scripsi, vidi......

Montpellier.

IMPRIMERIE DE BOEHM ET Cⁱᵉ, ET LITHOGRAPHIE.
1838.